몰래 한 사랑

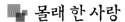

몰래 한 사랑

1판 1쇄 : 인쇄 2018년 04월 25일
1판 1쇄 : 발행 2018년 04월 30일

지은이 : 조정일
펴낸이 : 서동영
펴낸곳 : 서영출판사

출판등록 : 2010년 11월 26일 제 (25100-2010-000011호)
주소 : 서울특별시 마포구 성미산로 187, 아라크네빌딩 5층
전화 : 02-338-7270 팩스 : 02-338-7161
이메일 : sdy5608@hanmail.net

그 림 : 조정태
디자인 : 이원경

ⓒ2018조정일 seo young printed in seoul korea
ISBN 978-89-97180-76-9 04810
ISBN 978-89-97180-00-4(set)

몰래 한 사랑

2018 · 서영

조정일 시인의 제1시집 출간을 축하하며

　조정일 시인의 닉네임은 '웅고'이다. 마늘 먹고 인간이 되었다는 '곰', 듬직한 인상과 후덕한 마음을 가진 '곰', 인간사를 내려다보며 여유로운 동행을 권하는 '곰', 이 곰이 바로 '웅고'요, '조정일 시인'이다.

　그 외 조정일 시인을 따라붙는 별칭이 많다. 공무원 시절 '수산 과장'의 경력에서 다져진 물고기 지식이 많다고 하여 '물고기 박사', 취미로 키운 분재 수가 늘어나 나중 퇴직한 뒤에는 분재원을 운영하게 되었다고 해서 '분재 원장', 초등학교와 중학교와 고등학교의 국어 교재에 실려 있는 시들을 모조리 암기하고 있고, 또 수많은 잡다한 상식까지 다 기억하고 있다 해서 얻은 '걸어 다니는 백과사전', 한 번 대화를 시작했다 하면 끝없이 이어지는 입담 때문에 얻은 '만담가', 구수한 유머들이 줄줄이 따라다닌다 해서 얻은 '조삿갓' 등의 별칭들이 그의 인격과 성품을 축약해 보여 주고 있다 할 것이다. 한마디로 '인간 멋쟁이'가 바로 조정일 시인이다.

　조정일 시인이 우리 '한실문예창작'과 인연을 맺은 지 10여 년이 되어 간다. 처음 와서부터 감칠맛 나는 유머를 구사하며 싱그럽게 시의 무대에 등장한 이래, 그는 꾸준히 시 창작 활동을 펼쳐 왔다. 한동안 직장의 바쁜 일로 쉬었다가, 작년부터 다시 시의 무대에 올라 주옥같은 시들을 연달아 발표해 오고 있다.

과연 조정일 시인의 시 세계는 어떠할까. 궁금하다. 우리 함께 그의 시 세계로 신나는 탐험을 떠나 보자.

달팽이관 속을
타고 흐르는 그리움

바람 소리 스쳐가듯
안개 속을 더듬어 간다

잃을까 봐 쥐어 보는 추억 한 가닥은
손가락 빈 사이로 새어 나가고

스며드는 그림자는
또 다른 세상을 여행한다.
- 〈치매〉 전문

이 시에서의 시적 화자는 치매를 앓고 있다. 달팽이관 속을 타고 흐르는 게 있다. 그게 그리움이다.

추억의 고통 속에서도 애틋한 그리움이 흐르고 있다.

그것은 바람 소리 스쳐가듯 안개 속을 더듬어 가고 있다. 안타까운 심정으로 주위를 바라보는 시적 화자의 시선이 느껴진다. 문득 잃을까 봐 쥐어 보는 추억 한 가닥, 그마저 손가락 빈 사이로 새어 나가 버린다. 서서히 스며드는 그림자, 가슴을 아리게 한다. 하지만, 좌절에 빠지지는 않는다. 또 다른 세상을 여행한다고 여기는 시적 화자에게 달빛 같은 시심이 다가와 자리한다. 치매의 어둠 속에서도, 조정일 시인의 따스한 시선과 깊이 있는 이해의 손길이 함께하고 있다. 이 따스한 시선, 깊이 있는 이해의 손길이 바로 조정일 시인의 심성을 대변하고 있다.

무심코 쳐다본 달이
수줍은 듯 문턱 넘으면

행여 볼세라
창문 걸어 잠그고

요동치는 심장의
두 귀까지 막았으나

속삭임이 담을 넘고
볼 붉음이 어둠을 삼키니

꼬오옥

껴안을 수밖에.

- 〈밀회〉 전문

  이 시에서의 시적 화자는 수줍음 많은 처녀인 듯하다.
무심코 쳐다본 달인데도, 그 달빛이 수줍은 듯 문턱을 넘
으면, 행여 누가 볼까 봐 창문 걸어 잠근다. 하지만 요동
치는 심장을 어찌하랴. 당황하여 그 뛰는 심장의 두 귀까
지 막아 본다. 그런데도 달콤한 속삭임은 담을 넘어 들어
와 볼을 불그레하도록 만들어 버린다. 그 불그레함이 어
둠까지 삼켜 버린다. 이러니 어쩔 것인가. 꼬오옥 껴안을
수밖에. 조정일 시인의 장기가 십분 발휘되고 있는 시다.
조정일 시인의 핏속에 흐르고 있는 유머 감각, 사물을 바
라보는 여유로움에서 뿜어져 나오는 풍자와 해학, 그리
고 여백의 미가 잘 반영되고 있는 시라는 느낌이 든다.
우리들이 좋아하는 조정일 시인의 성품을 대변하고 있는
듯한 시라서 더욱 정겹다.
  특히 '속삭임이 담을 넘고'에서 보이는 청각 이미지(속
삭임)가 시각 이미지(담을)와 근육감각 이미지(넘고)와 손잡
고, 시각 이미지(볼 붉음)가 기관감각 이미지(어둠을 삼키니)
와 손잡아 이루는 이미지의 입체감이 시의 맛을 한층 드
높여 주고 있다.

파란 하늘에 수채화처럼
일렁이는
노오란 숨결

시린 사랑에 울어야
아름다운가

새벽 찬 서리에도
고고하다

빛 그림자 길어질 쯤에야
깨어나
여유로움을 주는 너

차가운 달빛에
더욱 요염하다.

- 〈국화〉 전문

　이 시에서의 시적 화자는 국화를 내려다보며 자신의
내면을 읽어 내려가고 있다. 파란 하늘이 배경으로 깔리
고 노오란 숨결이 수채화처럼 등장하여 일렁이고 있다.
왜 하필 이때 피어나는가. 시린 계절에 피어난 사랑, 시
린 사랑에 울어야, 시린 사랑으로 피어나야 아름다운가.

시적 화자는 묻고 싶다. 그런데도 어둡지 않고 고고한 자태, 새벽 찬 서리에도 그 빛을 잃지 않는다. 시적 화자의 내면도 여태껏 품어온 사랑도 고고한 빛을 잃지 않고 지켜왔음을 자랑스러워하고 있다. 그게 시린 아픔만 주는 게 아니다. 빛 그림자 길어질 때쯤에는 깨어나 여유로움을 주기 때문이다. 그 여유와 여백이 있기에, 지금껏 품어온 고고한 사랑은 차가운 달빛 아래서도 더욱 요염할 수 있지 않나. 시적 화자의 얼굴에 피어나는 미소가 선명히 보이는 듯하다.

이 여유, 이 여백, 이 미소가 바로 조정일 시인의 내면이라 여겨도 좋을 듯하다.

밤새워 울던 그리움이
이슬 되어
비탈길에 서면

붓끝 휘어지듯
흐르는 곡선이
하늘문 열고

아스라이
돛마루는
취한 듯 가물거리고

솟대 같은 마음은
보랏빛 향기 따라
여울져 온다.

- 〈각시붓꽃〉 전문

이 시에서의 시적 화자는 각시붓꽃 속으로 들어가 하
나 되고 있다. 밤새워 울던 그리움이 이슬 되어 비탈길에
서는 때가 있다. 그게 바로 각시붓꽃이다. 각시붓꽃의 태
어남이 신비롭다. 시 속에서나 가능한 아름다운 탄생, 멋
스럽다. 신비로움 속에서 태어난 각시붓꽃은 시적 화자
와 함께 붓끝 휘어지듯 흐르는 곡선으로 하늘문을 연다.
　어찌 이리도 시적 표현이 아름다울까. 이처럼 섬세히
아름다움을 표현해 내는 조정일 시인, 그 심성이 참 곱기
만 하다. 시적 화자의 시선은 또다시 미적 가치의 속으로
여행을 떠난다.
　아스라이 각시붓꽃의 돛마루가 취한 듯 가물거리는 모
습에 넋이 나간 듯 서 있다. 그때 솟대 같은 마음이 보랏
빛 향기 따라 여울져 온다. 시적 표현 하나 하나가 미적
가치의 그릇에 싱그럽게 담겨 있다. 시는 이처럼 미적 가
치의 그릇에 사물이나 시심을 담아 놓을 줄 알아야 한다.
그래야 시의 특질에 한층 더 가까이 다가갈 수 있지 않을
까. 게다가 추상(그리움, 마음)과 구상(비탈길, 붓끝, 돛마루, 솟
대), 시각 이미지(보랏빛)와 후각 이미지(향기) 등의 입체화

가 시의 완성도를 더욱 높여 주고 있다.

　　달빛의 하얀 사랑을 받으며
　　소슬바람의 살가운 얘길 들으며

　　가슴 열었을 때
　　까만 눈에 보송한 울음처럼

　　그 이전부터 우리는 끈으로 묶여
　　같은 피가 흐르고 있었다

　　헐거운 세월은 끈 삭혀 늘어지고
　　길어진 끈 따라 멀리 날리지만.
　　　　　　　　　　　　- 〈그리움〉 전문

　이 시에서의 시적 화자는 그리움을 안고 살아가고 있
다. 달빛의 하얀 사랑을 받으며 소슬바람의 살가운 이야
기를 들으며 살아가고 있다. 가슴 안에는 까만 눈에 보송
한 울음이 있다. 그 울음처럼 시적 화자는 그리움의 대상
과 함께 끈으로 묶여 있다. 그리고 같은 피가 흐르고 있
는 운명을 안고 있다. 비록 세상은 헐거운 세월로 괴롭
히고 끈 삭혀 늘어지게 하고 길어진 끈 따라 멀리 날리
지만, 서로 운명처럼 묶여 같은 피가 흐르는 사랑은 변

할 줄 모른다.

　그 애틋한 사랑을 이처럼 선명한 이미지로 그려내고 있는 조정일 시인의 이미지 구현 솜씨는 수준급이다. 이러한 이미지 구현을 자유자재로 해낼 줄 아는 조정일 시인의 여생에는 시의 특질을 고루 갖춘 시들로 가득 차리라 믿는다.

　　밤하늘을 구워 낸다
　　시린 하루를 구워 낸다
　　회전판이 돈다
　　빙글빙글 돈다

　　모락모락
　　신열이 돋을 때쯤
　　파삭 타들어 가는 속앓이가
　　갈고리에 걸려 나온다

　　밤은 깊어가고
　　발소리들이 더듬거리다 멀어지면

　　몇 개 남은 슬픔덩어리를 누런 봉지에 넣고
　　쌩하니 스치는 바람에 쓸려 간다.
　　　　　　　　　　　　　- 〈붕어빵 장수〉 전문

이 시에서의 시적 화자는 붕어빵을 굽고 있다. 그것도 시적으로 굽는다. 시작부터 밤하늘을 굽는다 한다. 이왕이면 고달픈 인생까지 끌어당겨 시린 하루도 굽는다. 그걸 굽느라 회전판이 돈다. 빙글빙글 돈다. 그러다 보면 모락모락 신열이 돈다. 신열이 돌을 때쯤 파삭 타들어 가던 속앓이가 갈고리에 걸려 세상 밖으로 나온다. 밤이 깊어가고 세상은 조용히 어둠 속으로 빨려들어 간다. 사람들의 발소리들도 더듬거리며 점점 멀어져 간다. 이제는 거둬야 할 시간, 시적 화자는 팔다 남은 붕어빵 몇 개 그 슬픔덩어리들을 누런 봉지에 넣고 퇴근할 준비를 한다. 그때 쌩하니 찬바람이 스쳐간다. 시적 화자는 그 바람에 쓸려가듯 자리를 뜬다. 붕어빵 장수의 모습과 그 내면이 색깔이 선명한 수채화로 그려져 있다.

시와 산문이 어떻게 다른가, 시가 어떻게 산문의 길과는 다른 길을 가고 있는가. 시의 특질이 무엇인가, 시가 왜 감성의 벽을 뚫고 들어가는 이미지를 더 원하는가 등에 대한 물음에 이 시는 잘 풀이해 주고 있는 듯하다. 이미지를 잘 아는 조정일 시인, 우리가 그에게 시인으로서 기대하는 바가 크다.

겹쳐졌다 갈라졌다
수많은 눈빛과 조잘거림이 오고갔다

초침의 속도만큼이나 빠르게 스치고

또 스치는 동안

한 둥지에 갇힌 새가 되었다.

- 〈시계추 사랑〉 전문

　이 시에서의 시적 화자는 시계추를 애정 어린 시선으로 바라보고 있다. 겹쳐졌다 갈라졌다를 반복하는 시계추, 그 때문에 수많은 눈빛과 조잘거림이 오고간다. 마치 세상사처럼. 시계추는 초침의 속도만큼이나 빠르게 스치고 지나간다. 그게 반복된다. 수없이 그게 스치고 지나가는 동안 어느새 시계추와 시적 화자는 한 둥지에 갇힌 새가 되고 만다. 시계추라는 사물을 관찰하다, 시계추를 이해하게 되고, 이어 시계추를 공감하게 되고, 나아가 시계추를 새롭게 해석하게 되고, 결국에는 시계추와 하나 되고야 마는 시적 화자, 결국에는 시계추처럼 시적 화자는 시계 안에 갇힌 새가 되고 만다.

　이 기법도 시의 특질로 가는 하나의 길을 제시해 주고 있다. 시는 사물의 재해석이요 사물에 대한 이해요 공감이며, 사물과 하나 되는 시선과 가슴을 얻어내는 존재이기도 하다. 조정일 시인은 이처럼 한층 시의 특질에 가까이 다가가 있고, 또 시의 특질로 가는 지름길을 이미 터득한 듯하다.

창가에 슬픈 바람이 드는
어스름 저녁
상념은 창을 넘어 고향길로 접어들고

가을빛 묻어나는 들길 한켠
아버지의 자전거에
삽자루가 걸쳐 있다

맥주 한 모금에 토마토 한 알
쳇바퀴 돌 듯하는 하루 일과는
이 한 잔이 마무리인가.

- 〈퇴근길〉 전문

이 시에서의 시적 화자는 아버지에 대해 회상하고 있
다. 창가에 슬픈 바람이 드는 어스름 저녁 무렵, 시적 화
자에게 다가온 상념은 창문 넘어 고향길로 치달려 간다.
고향에서 시적 화자의 상념은 가을빛 묻어나는 들길을
만나게 되고, 그 들길 한켠에 놓여 있는 아버지의 자전거
와 마주하게 된다. 그 자전거에는 삽자루가 걸쳐져 있다.
그리고 맥주 한 모금과 토마토 한 알을 떠올린다. 쳇바퀴
돌 듯하는 하루 일과가 바로 이 술 한 잔으로 마무리 되
는 것인가. 군더더기 없이 곧바로 아버지에 대한 그리움
을 애잔하게 그려내는 솜씨가 남다르다.

조정일 시인은 어느덧 시적 표현의 정점에 이르렀단 말인가. 시의 특질에 대해 여러 말들이 오가는 요즘, 산문시니 자유시니 참여시니 신춘문예시니 뭐니 말들이 많지만, 조정일 시인은 묵묵히 시의 특질에 보다 가까운 시적 표현에 정성을 다하는 시인이 아닐까 하는 생각이 든다.

어디로 와서
어디로 가는 걸까
사라지는 걸까 스미는 걸까

때론
옷고름 풀고
은근히 스며
꽃판을 간지럽히다가

때론 코끝에 찾아들어
불그레한 미소 되어
가슴 흔들며 부풀어 오르다가

때론
치맛자락 휘날리며
난다
그 누구도 잡지 못할

불새 되어 난다.

- 〈바람〉 전문

　이 시에서의 시적 화자는 바람에 대해 관찰하고 있다.
과연 바람은 어디서 와서 어디로 가는 것일까. 그러다
바람은 사라지는 걸까, 그 무엇에 스며드는 걸까. 궁금
하다. 때론 옷고름 풀고 스며 꽃판을 어지럽히는 걸 보
면, 바람은 사라지는 게 아니라 스며드는 게 맞는 것 같
다. 때론 코끝에 찾아들어 불그레한 미소 되어 가슴 흔
들어 부풀어 오르는 걸 보면, 바람은 인생이나 사랑이나
열정과 합류하여 살아가는 존재인 듯하다. 때로는 치맛
자락 휘날리며 나는 존재, 그 누구도 잡지 못할 불새 되
어 나는 걸 보면, 그러다 어디로 영영 사라져 버리는 걸
보면, 결국에는 사라져 버리는 존재, 일상사와는 너무나
먼 이상향의 세계에서나 살아가는 존재가 아닐까. 여전
히 궁금하다.
　시적 화자는 사물에 대해 질문을 던져 놓고 슬그머니
빠져 숨어 버린다. 숙제와 질문을 떠안은 독자만이 밤 지
새우며 가슴앓이를 하지 않을 수 없게 된다. 조정일 시인
의 바람에 대한 시적 질문도 그러하다.

　싱숭생숭한 마음
　가을 창가에 걸어두면

파란 하늘은 흡입구 들이대어
빨아들이려 하고

붉은 단풍은
발목을 잡아당기고

낙엽 타고 오는
바람은 귓전을 간들거리게 스치고

덜 익은 달이
그림자 밟지 못할 즈음

억새가 현란히 그네 타며
손을 잡아끌고

깍지 낀 눈꺼풀은 혼 빠진 채
서리꽃 내려앉은 빈 들을 나선다.

　　　　　　　　　　　　　- 〈유혹〉 전문

　이 시에서의 시적 화자는 싱숭생숭한 마음을 가을 창가
에 걸어 둔다. 그러자 파란 하늘은 흡입구를 들이대어 빨
아들이려고 한다. 붉은 단풍은 발목을 잡아당긴다. 낙엽
타고 오는 바람은 귓전을 간지럽게 스친다. 덜 익은 달이

■ 몰래 한 사랑

그림자 밟지 못할 즈음엔 억새가 현란히 그네 타며 시적 화자의 손을 잡아끈다. 그러자 깍지 낀 눈꺼풀은 혼이 빠진 채 서리꽃 내려앉은 빈 들을 나선다. 어느 시에 이처럼 현란한 이미지가 구현된 적이 있었을까 할 만큼 이 시는 이미지 구현의 전형을 보여 주고 있다. 왜 시에서 이미지 구현을 소중히 여겨야 하는지를 한자리에서 다 보여 주는 듯하다.

가을 창가의 싱숭생숭한 마음, 파란 하늘의 흡입구, 발목 잡은 단풍, 낙엽 탄 바람, 덜 익은 달, 현란히 그네 타는 억새, 혼이 빠진 깍지 낀 눈꺼풀, 서리꽃 내려앉은 빈 들 등의 시적 표현이 가져다주는 신선한 표현과 이미지 구현, 놀라움을 넘어 출렁이는 감동과 아름다운 미학을 가슴에 안겨 주고 있다. 조정일 시인이 우리 독자들에게 소중한 것은 바로 이런 시적 표현을 통해 지속적으로 시를 쓰고 있기 때문이 아니겠는가.

지금까지 조정일 시집 속에 담겨 있는 몇 편의 시를 통해, 시의 특질, 시의 기법, 특히 이미지 구현의 기법에 대해 살펴보았다. 물론 지극히 일부에 불과하지만, 여기서 그런대로 조정일 시의 특징에 대해 살펴볼 수 있었다.

한마디로, 조정일 시인은 사물을 새롭게 바라보고 해석하여, 그 세계를 이미지 구현의 길로 안내하여 미적 가치의 그릇에 담아 놓고 있음을 발견할 수 있었다. 또한 어

려운 시어들을 동원하지 않고 우리 일상에 널려 있는 친근한 시어들만으로도 얼마든지 시적 형상화를 할 수 있다는 걸 보여 주고 있다. 그리고, 미적 가치를 무엇보다도 소중히 여겨 가능한 한 아름답게 시 속에 담아 놓으려하고 있고, 이왕이면 유머와 해학과 풍자까지 채워 놓으려 하고 있음도 살펴볼 수 있었다. 이는 시인의 내면과 품성이 이미 넉넉함과 여유로움과 여백의 향기를 갖추고 있고, 또 수없이 반복 훈련된 시 표현기법과 시적 형상화 능력과 터전이 갖춰진 데서 가능한 것이라 여겨진다.

우리 동료 시인들이나 후배 작가들에게 늘 웃음과 해학으로 다독여 주고 키워 주고 이끌어 주는 따스한 마음을 가진 조정일 시인, 앞으로도 오래도록 우리 독자들 곁에 남아 아름다운 시, 감동적인 시, 여백의 미가 꿈틀거리는 시, 해학과 풍자로 다가오는 시, 인생을 넉넉하고 너그럽게 내려다볼 수 있는 관조의 시선을 만나볼 수 있는 시 등을 꾸준히 써 나가는 시인으로 남아 있기를 기원한다.

이렇게 멋스런 조정일 시인을 우리 한실문예창작 문학 동아리에 보내 주고, 탐스런 문학회에서 같이 웃고 떠들며 함께 시를 공부할 수 있게 해줄 뿐만 아니라, 이제 막 시인으로 발돋음을 하려는 후배 시인들에게 따스한 손길과 시선으로 이끌어 주는 안내자를 허락해 준 하늘의 인연에게 감사를 드린다.

이렇게 조정일 제1시집을 세상에 내놓았으니, 앞으로

도 제2, 제3시집을 계속하여 펴내여 한국 독자들뿐만 아니라 세계 독자들까지도 그 마음을 사로잡고 깊은 감동을 주기를 기원한다.

　나아가 이 세상 곳곳에 널려 있는 이웃의 아픔, 꼭 챙겨야 할 시심, 그냥 지나치기에는 차마 아까운 의미, 공감해도 좋을 새로운 해석 등이 치열한 시 정신을 통해 시적 형상화로 담아내는 멋진 시인으로 우뚝 서기를 진심으로 바란다.

　　　　　－ 봄비가 기분 좋게 드락을 적시는 월요일 아침에

　　　　　한실문예창작 지도 교수 박덕은

(전 전남대 교수, 문학박사, 문학평론가, 시인, 화가, 소설가, 동화작가, 수필가, 아프리카tv BJ)

작가의 말

　창문 너머로 바라보는 공항은 허허롭지만 심심치 않게 떠오르는 비행기는 나에게 무한한 상상의 나래를 펴게 한다.

　공항은 또 사색의 마당이다. 비 오면 비 온 대로 날이 좋으면 좋은 대로 심상은 파도를 탄다.

　자욱이 안개가 공항을 덮치는 날에는 나 또한 무언가에 갇혀 있는 상상 속에 탈출을 시도하고 하얀 눈이 덮이는 벌판은 매서운 시베리아를 그리기도 한다.

　밖을 나서면 아파트 경비 아저씨부터 길가에 푸성귀 파는 할머니, 구수함을 파는 붕어빵 장수 등 날마다 볼 때마다 새롭게 느껴진다.

　세상의 사물이 새롭게 보이기 시작한 것은 시를 접하고부터이다.

　누구나 살면서 시 한 편 안 쓴 사람이 있으랴만 시를 배우고 쓰기 시작하면서 세밀한 관찰과 새로움을 발견하고 창작하는 기쁨이 인생을 거듭나 사는 기분을 갖게 한다.

　이렇게 나에게 행복함을 갖게 한 한실문예창작 지도 교수 박덕은 박사님과 시 동아리로 안내해 준 김정순 시인님, 그리고 한실문예창작 동아리, 둥그런 문학회, 탐스런 문학회 문우님들께 감사드린다.

또한 바쁜 와중에도 작은아버지의 부탁 아닌 명령으로 한 편 한 편 시를 보며 그림을 그려준 조카 조정태 화백님, 너무 너무 고맙다.

　　사랑하는 가족들에게도 시집을 낼 수 있게 물심양면으로 도와주심을 감사드린다.

　　앞으로도 더욱 정진하여 이쁘고 좋은 시를 써 나갈 것을 다짐해 본다..

　　　　　　　　　　- 공항이 바라보이는 창가에서
　　　　　　　　　　　시인 조정일

조 정 일

박덕은

태초에
그보다 더 오래 전에
곰과 시심이 살았다

곰은 마늘 먹고
사람이 되고
시심은 낭만 먹고
꿈이 되었다

이후 사람과 꿈은
한 마을에 살며
세상을 노래했다

한때는
바닷물고기들의
파닥임을 주워 모았고

때로는
분재의 아픔들을
꿰매 주기도 했다

지금은
감동의 물결을 저어 가는
뱃사공이 되어

시가 흐르는 강가
거기 나루터 주막에서
만담가로 살고 있다

오가는
수많은 낯설게 하기와
풍자로 얘기 나누며

여생 자락에
행복의 수 놓음시롱
봄처럼 살아가고 있다.

박 덕 은 찬 가

조정일

신들의 시샘에 쫓겨 하늘에서 떨어졌나
토끼 간 요리 땜에 바다에서 솟았나
사람은 사람인데
귀신 같은 저 솜씨

시구 지어 넘어가는 소리
낭만이 잘잘 흐르고
맛깔나게 읊조리는 강의 소리에
군침이 꼴깍 삼켜진다

약관에 박사 학위, 이립에 대학 교수
어찌 누가 흉내라도 내겠는가
낭만이면 다 낭만인가
숭한 소리, 사나운 소리, 징한 소리 싫어하고
곱고 이쁜 자음과 모음
요리조리 엮어
달콤한 바람을 초승달에 걸어
그네 타는 저 솜씨를

너무 흔들어 멀미 나면
미리 차린 음식 솜씨
침이 목구멍 뒤쪽으로 꼴깍 소리보다
손이 먼저 체면 구겨도 웃음으로 땜질한다

지문 다 닳도록 문대는 파스텔화
수천 가지 형상으로 삼라만상 그려놓으니
한 번 보면 풍덩 빠져 헤어 나오지 못해도
최면에 걸린 듯 화폭에 빠져 논다

백미 중에 제일은 칭찬하는 심상
어느 누가 따르랴
깔깔 웃는 재치에 하루해는 쉬이 가고
덤으로 주는 푼수에 절로 젊어지는 느낌
감이 흉내조차 못 내지

당신은
진정 소라 고동 속에 숨어 있다 나온
진정 사랑을 아는 요정인가요.

차 례

몰래 한 사랑

치매

달팽이관 속을
타고 흐르는 그리움

바람 소리 스쳐가듯
안개 속을 더듬어 간다

잃을까 봐 쥐어 보는 추억 한 가닥은
손가락 빈 사이로 새어 나가고

스며드는 그림자는
또 다른 세상을 여행한다.

[치매] 조정태 作

그리움 · 1

내 머릿속에
이상한 것이 있습니다

생각할 때마다
조금씩 조여옵니다

깊이 하면 할수록
더욱 조여와
지근지근 아파옵니다

깨질 것 같은 고통에
잠시
접기로 했습니다

그러자
안으로 파고들어 와
드륵드륵 소리를 냅니다

빈속에 울림소리가
귀를 멍하게 합니다

■■■ 몰래 한 사랑

이미 내 머리는
콘크리트입니다

나는 살았으되
죽었습니다.

[그리움·1] 조정태 作

공중그네

그네를 놓은 몸은
제비가 되어 하늘 솟구쳐 올라
저 멀리 매달려 있는 손을 잡아야 한다

잡아 주지 않은 미움은
분노가 되어
공중의 나를 노려본다

다다르지 못한 꿈은
부끄럼으로 조각조각
그물 위에 떨어진다

활처럼 휘며 차오르는 회상은
쓸쓸한 미소 되어
훨훨 날아간다.

[공중그네] 조정태 作

벽

서로 파랑새를 찾아가다
떨어뜨린 깃털 하나

실 같은 금을
긋더니만

구름덩이처럼
부풀어 올라

금새
산이 되어 버린다.

[벽] 조정태 作

마음

하늘 한 조각
호수에 내려놓으면

무수한 별들이
햇살에 튀어

잔잔한 물결 위에서
춤추며 재잘거리다

물안개가
새벽을 감쌀 때쯤

밤새 익은 별빛들이 이슬 타고 내려와
꿈결처럼 품에 안긴다.

[마음] 조정태 作

어떤 인연

사방으로
둘러 처진 벽

솟은 그리움을
멍석 삼고 앉아

기다림을
곁눈질하면

지친 벽에 기댄 눈물이
문이 되었습니다.

[어떤 인연] 조정태 作

돌아가는 길

하루의 흐느적거림을
뒤로하고

상념은
무한의 세계로 날아오르고
처진 몸은
잊어버린 노스탤지어에 안기는 곳

주막집 아줌마의 수더분함을 떠올리며
기분 좋은 노래를 들을 수 있는 곳

하루의 삶을 털어 길 위에 놓으며
주접한 낭만을 건져 올리는 곳.

몰래 한 사랑

[돌아가는 길] 조정태 作

죽음

착하디착한 내 영혼아
너는 어디 갔느냐

묵은 안개는 땅거미
어슴어슴 채색을 지우는데

검은 강과 하얀 강이
덧칠을 반복하며 밤을 새고
게으른 새벽은 저 멀리 서 있는데

해맑은 이슬이
슬픈 가슴의 미소 되어
하늘빛 햇살에 스며드는데

아, 내 영혼아
너는 어디 갔느냐.

[죽음] 조정태 作

차 한 잔

소반 위의
찻잔을
받쳐 들면

청아한 옥수는
너무 맑아
고요한데

날 선 적삼 입은
하얀 여백은
숨을 죽여 앉는다.

[차 한 잔] 조정태 作

좌선

불덩이가
정수리를 쪼고 있다

머리엔
흰 피가 숭얼거리고

지글거림은
열 끓는 탕에 잠긴다

이내 미동도 없이
합쳐진 두 손엔

지극히 평온한
향기가 스며든다.

[좌선] 조정태 作

휴전선

어긋남을
깨닫지 못한
불꽃이 인다

팽팽히 노려보는
긴장감이
커다란 원을 그린다

서로
이긴다는 신념은
가슴을 뚫고

서로
이긴다는 믿음은
날카로움을 막는다.

▓ 몰래 한 사랑

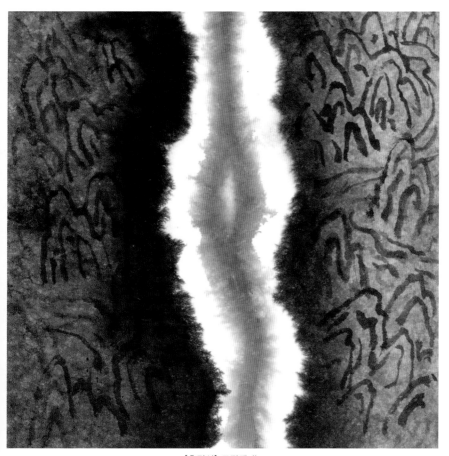

[휴전선] 조정태 作

밀회

무심코 쳐다본 달이
수줍은 듯 문턱 넘으면

행여 볼세라
창문 걸어 잠그고

요동치는 심장의
두 귀까지 막았으나

속삭임이 담을 넘고
볼 붉음이 어둠을 삼키니

꼬오옥
껴안을 수밖에.

[밀회] 조정태 作

시 창작

갈망은
풍선처럼 부풀어 오르는데

재능은
생쥐같이 숨어들고

욕망은
높이 나래를 달았는데

하얀 시심은
여전히 여백 그대로

그래도
그래도

마디마디 늘어나는 아픔의 솜털은
종일토록 퍼덕인다.

[시 창작] 조정태 作

분재를 보내며

긴 세월의 내 정성을
모자이크 처리된 그에게
잘 부탁한다며 내민다

걱정은
검버섯처럼
퍼지지만

나이 먹은 추억은
너를 조상 모습 닮게 하고
더욱 도도하게 하리라 믿는다

가거든 제일 먼저
고고하고 우하하게 살고 싶다고
말하라

만약에 널 슬프게 하더라도
슬픈 표정은 보이지 말아라
목이 타거든 물 달라 소리 지르고

그래도 그래도 안 되면
누런 옷 갈아입고
간절한 눈으로 하늘을 봐라.

[분재를 보내며] 조정태 作

줄 서기

보이는 듯 안 보이는 듯
숲을 요리조리 헤치며 꼬리를 찾는다

나는
뱀의 비늘이 되었다

비늘은 꼿꼿이 날을 세웠지만
육체를 밀어 올리기엔 너무나 작았다

밀리는 비늘들은 햇볕에 말라 바둥거리지만
아직도 뱀의 대가리는 보이지 않는다

비늘 끝을 세워 본다
보이는 것은 없고 몸통만 다섯 번 더 구부러져 있다

머리에 가까울수록
날렵한 몸통은 생기가 돈다

아득한 꼬리가 멀어질수록
발톱은 세워지고 힘이 넘친다

두 시간
사십오 분

드디어
나는 대가리의 일부가 되었다

그때서야 비늘은 바람에 흩날리듯
구멍 속으로 빨려들어 가
아쿠아리움의 먹이가 되었다.

[줄 서기] 조정태 作

묵상

하얀 종이 위에 점 하나
빈 공간을 난다
멀리 멀리 멀리

파란 하늘에 별 하나
새가 되어 난다
높이 높이 높이

억겁이 흐른 긴 찰나 하나
맑디맑은 무아 속으로 난다
깊이 깊이 깊이.

[묵상] 조정태 作

향수

들에 다녀온 아빠의 자전거엔
사랑이 늘
바구니 가득 실려 있다

소꿉놀이 아이들
우르르 몰려와
군침을 흘린다

한입 가득 차오르는 달콤함
갈바람에 실려
둥둥 떠간다.

[향수] 조정태 作

기도

하얀 바다의 고요가 흐르면
허물은 어깨 위에 올라 출렁이고
뉘우침은 강이 되어 고개를 짓누른다

두 손 맞잡은 힘은 파도가 되고
우러르는 절규는 하늘을 찢고
바라는 간절함은 피를 토한다.

[기도] 조정태 作

국화

파란 하늘에 수채화처럼
일렁이는
노오란 숨결

시린 사랑에 울어야
아름다운가

새벽 찬 서리에도
고고하다

빛 그림자 길어질 쯤에야
깨어나
여유로움을 주는 너

차가운 달빛에
더욱 요염하다.

[국화] 조정태 作

청자

침묵의 시간
그 무게에 눌려
빙글빙글 돌다 앉은
그늘의 한 자리

화공의 칼날이
가벼운 숨결에
춤을 추며 날면
흐르는 시간이 너무 고와라

활활 타오르는 정열에
붉어진 몸
허연 듯 회색인 듯
고요히 비취빛 하늘이 흘러라.

[청자] 조정태 作

현대판 마당쇠

아파트엔
완장은 없지만 계급장은 있다

나리들이 한둘이 아니다
수발은 종일이고 아니오는 없다

종이 플라스틱 빈병 깡통 재활용품
모으지만 돈은 상전 것이다

밥은 싸오지만
먹는 시간이 따로 없다

택배물, 닭튀김, 자장면, 화분, 세탁물
보관은 무료지만 분실은 내 책임이다

눈 오면 눈 쓸고 비 오면 비설거지
낙엽은 웬걸 처박힌 쓰레기도 웬걸

소장의 잔소리 반장의 큰소리
대표자의 시건방 부녀회장의 으름장

이 상전 짐 무겁다 부르고
저 상전 변기 막혔다 부르고

위층에서 물소리 난다 다그치고
빨래 떨어졌다 호들갑

애 잠깐 봐 달라
술주정꾼 달래랴

이리 뛰고 저리 뛰고
칠순 세월 허리 휜다

하루해는 더디 가고 해 지면 뭣 하냐
밤근무 아직 남았는디

새벽이라 일이 없냐
쓰레기차 날 부른다

병나면 쫓겨난다
아니요도 마찬가지

이 눈치 저 눈치 삼십 날이 지나가면
싸고 싼 통장에 쥐꼬리 월급

이 돈으로 살림살이
이리 재도 부족하고 저리 재도 쓸 거 없고

지엄하신 염라대왕님
날 좀 잡아 가소 제발 좀 잡아 가소.

[현대판 마당쇠] 조정태 作

분재

한줌의 흙에
모진 삶을 이어온
질기고 질긴
저 생명력

품격 잃지 않으려
이파리 하나
흩뜨리지 않는
저 우아함

천년의 세월에
다져진 듯
여린 듯 강인한
저 육중함.

[분재] 조정태 作

나는 압니다

나는 압니다
귀기울여 보면
맑게 흐르는 당신의 고운 심성을
읽을 수 있다는 것을

나는 압니다
당신의 조용히 흐르는
시선이
나를 편안하게 한다는 것을

나는 압니다
당신의 심장은
깊은 골짜기 흐르는 물소리에
숨어 뛴다는 것을

나는 압니다
붉은 피가 당신의 가슴에
압박을 가할 때
나의 숨이 막혀 온다는 것을

■■■ 몰래 한 사랑

나는 압니다
당신의 마음이 내 마음이고
내 마음이 곧
당신의 마음인 것을.

[나는 압니다] 조정태 作

각화시장

몸은 만근이지만 머릿속은 비상사태
움츠린 어깨에 걸음들은 발동기다

길게 쌓여 늘어선
차 소리 사람 소리 짐 푸는 소리

후다닥 지나가는 눈치 사이로
호각 소리와 번호 낙찰액 신의 목소리

오르면 오른 대로 내리면 내린 대로
두 발 수레에 싣고 달린다.

[각화시장] 조정태 作

담양댁

달동네 끝 마루에
그리움이 아롱다롱 맺힐 때쯤

삭풍은 휘몰아 눈꽃이 모여
빼꼼히 뚫린 두 눈 사이로
부은 얼굴을 찌른다

웅성거림은
심장의 박동수를 달리게 하고
호각 소리에 머리칼이 솟구친다

좋은 것은 통이 작아 못 사고
시금치 배추 달래 냉이 삶 한 바구니
찌질한 것 몇 다발이 오늘의 전과

이 손님 발놀림 저 손님 행동거지
부은 얼굴이지만
눈빛만은 칼날이다.

[담양댁] 조정태 作

낙엽

곱디곱게 화장하고
스잔한 갈바람에
하늘가를 맴돌며
공중그네 타다가

장독가 질그릇에
살포시 내려앉아
숨을 거둔
세월의 무게.

[낙엽] 조정태 作

탐진강의 봄

갈대 누런 잎에
햇살이 퉁겨대면

따스함이 타고 돈다
굽이굽이

자갈 사이 사이로
알알이 영글어져

갯버들 가지
터져 나온 숨 끝 돌아

서서히 솟아오르는
가슴의 열기처럼.

[탐진강의 봄] 조정태 作

룸팬

종일 컴퓨터와 살고
피곤하면 누워 책을 보고
졸리면 잔다

밖에 나오는 시간은
밥 먹고
화장실 갈 때뿐

방안이
사회이고 국가이고
우주이다.

[룸펜] 조정태 作

무지개

나는 다리가 되리
곱디곱게 단장하고
그대 오는 강가에 마중 나가리

나는 꽃이 되리
칠색 예쁘게 차려입고
살포시 그대의 꽃잎 위에 오르리

나는 동아줄이 되리
기쁜 눈물 실로 엮어
그대의 하늘로 실어 올리리

나는 길이 되리
색색 물들인 솜털로
하늘하늘 그대 걷게 하리

나는 목축임이 되리
깊은 골 맑은 물 되어
그대와 한몸 되어 가리.

[무지개] 조정태 作

각시붓꽃

밤새워 울던 그리움이
이슬 되어
비탈길에 서면

붓끝 휘어지듯
흐르는 곡선이
하늘문 열고

아스라이
돛마루는
취한 듯 가물거리고

솟대 같은 마음은
보랏빛 향기 따라
여울져 온다.

[각시붓꽃] 조정태 作

낙화

고운 입술로 날 유혹하던
그 모습은 어딜 갔나요

잠시라도 한눈팔지 못하게 잡아 두던
그 질투는 어딜 갔나요

다정한 미소는
마음속에 자리잡고

보드라운 살결은
숨을 멈추게 하더니만

이제는
화려한 흩날림으로
나를 취하게 하네요.

[낙화] 조정태 作

하루살이

날 새기를 두려워하는 새는
이미 날개 젓기를 잊고
밤을 지키는 개는
짖음을 잊은 지 오래

말짓거리는 시간은
세월을 야금거리지만
질퍽이는 수다는
지나간 왕년만큼 화려하다

흔들리는 취기만이
풍선을 타고
밤새도록
하늘로 오르고 있다.

[하루살이] 조정태 作

세느 강

따라 내려가도
그 누구의 시비도 없다

그저
자유와 사랑과 행복을
품고 흐를 뿐

에펠탑의 반짝거린 화려함
수천년 세월의 봉건과 독재도
어머니 가슴속의 재롱일 뿐

지금은 오직
오색의 불빛을 받아들이며
미소로 역사를 말하며 흐를 뿐
사랑으로 현실을 감싸 안으며 흐를 뿐.

[세느 강] 조정태 作

나그네

달이
떠야
밝아지려나

달 뜨기가 쉬운가
적어도
초사흘은 돼야지

하기사
매일 웃는다면
그게 어디 달인가.

[나그네] 조정태 作

홀로서기

정년퇴직 이후 마음 한구석에 등나무 한 그루가 자라고 있다
예쁘게 자라 오른가 싶더니만 줄기 뻗어 주위의 나무에 의지하려 한다
안 된다는 가위와 괜찮다는 나약함이 서로 교차하며 이러지도 저러지도 못한 사이에 줄기는 자라 옆나무를 친친 감아대고 있다
감으면 감을수록 부족함은 더해지고 어느새 건너 나무로 옮기는 목마름…
잘라야지 잘라야지 하면서도 막상 가위를 들면 서운함과 아쉬움이 앞을 막아선다
독한 마음으로 간절함을 싹둑 자르고 꾹 다문 입술로 보고픔을 씻어내고 질긴 인연을 타오르는 햇볕에 태운다
자른 가지 끝에 아롱지는 여울은 세월이 흘러 그대로 화석이 되고 몰골은 으슥하리만큼 스잔하고 삭막하지만
망각의 시간이 흐르면 언제 그랬냐는 듯이 자른 가지 끝에 곧 새 움이 돋아 오르고 줄기는 길어나고 또 옆나무에 기대려 한다.

[홀로서기] 조정태 作

그리움 · 2

달빛의 하얀 사랑을 받으며
소슬바람의 살가운 얘길 들으며

가슴 열었을 때
까만 눈에 보송한 울음처럼

그 이전부터 우리는 끈으로 묶여
같은 피가 흐르고 있었다

헐거운 세월은 끈 삭혀 늘어지고
길어진 끈 따라 멀리 날리지만.

[그리움·2] 조정태 作

그리움 · 3

마음속 깊은 뜨락
나만이 간직한 바다

추억의 타래가 술술 풀려
달빛에 걸치면

시린 보고픔
꺼억꺼억 토해낸다.

[그리움·3] 조정태 作

하루에 두 번 죽는다

구두끈을 묶는다
어디 가서 죽을까
어떻게 죽어야 할까

웅성거림 속에서도
멋있게 죽어야 할 텐데
말굽 소리와 내리치는 장수의 칼날이
공중으로 높이 떠올랐다 철퍼덕 떨어진다
사지가 파르르 떤다

눈을 뜬다
퍼런 하늘이 슬픈 눈물이다
아롱진 눈물 위로
우유병 기저귀가 둥둥 떠다닌다.

[하루에 두 번 죽는다] 조정태 作

여행

봉불랑의 설경도
로마의 웅장한 고대 도시도
빠르게 달리는 상념 열차

꿈을 실현하기 위해
앎을 뒤로하고
미지의 세계를 향하는 날개

목적지에 다다르면
또 다른 세상을 찾아가는
운명의 짐.

[여행] 조정태 作

붕어빵 장수

밤하늘을 구워 낸다
시린 하루를 구워 낸다
회전판이 돈다
빙글빙글 돈다

모락모락
신열이 돋을 때쯤
파삭 타들어 가는 속앓이가
갈고리에 걸려 나온다

밤은 깊어가고
발소리들이 더듬거리다 멀어지면

몇 개 남은 슬픔덩어리를 누런 봉지에 넣고
쌩하니 스치는 바람에 쓸려 간다.

[붕어빵 장수] 조정태 作

짝사랑

어느 날 눈동자에 박히더니만
머릿속으로 들어와 정신을 산란케 하고
속살까지 후비고 들어와 기어이 가슴앓이하게 한다
그러다 밀물 밀려오듯 온몸을 다 점령해 버린다
신열이 나고 몸은 무겁지만
나가란 말도 하지 못하고 드러눕고 만다
안에서 불을 지피는지 뜨거워지고
마음 붙잡아 온통 붉은 천으로 감아 놓은 듯
설렘은 피가 되어 핏줄 타고 바늘처럼 쑤시고 다닌다
눈을 감으면 살며시 하얀 가슴에 분홍 입술을 찍더니
입술은 벚꽃 흩날림이 되고 이내 꽃바다를 이룬다
눈을 뜨면 잔잔한 미소가 둥둥 떠다니게 하고
호수 속으로 뛰어들고픈 깊은 눈동자가 파르르 떨려온다.

[짝사랑] 조정태 作

구두 병원

세월을 깁는다
쭈그려 앉아

세상살이를 깁는다
바닥 닳아 숨가쁜
실밥 터져 헐거운
구멍 뚫려 터벅한
설움도 깁는다.

[구두 병원] 조정태 作

기다림

흰 눈 내려 다시 쌓여도
들리는 듯 들리지 않는 발소리

차라리 죽어지는 설움이었다면
차라리 슬어져 가는 비애였다면

눈 내리는 소리에 못 들었을까
새털 같은 발걸음에 못 들었을까

으스름한 저 빛 사그라지기 전에
흰 눈보다 가벼이 창 넘어 오소서.

■ 몰래 한 사랑

[기다림] 조정태 作

시계추 사랑

겹쳐졌다 갈라졌다
수많은 눈빛과 조잘거림이 오고갔다
초침의 속도만큼이나 빠르게 스치고
또 스치는 동안
한 둥지에 갇힌 새가 되었다.

[시계추 사랑] 조정태 作

숨바꼭질

너무 깊숙이 숨지 마라
너무 멀리 가지 마라
너무 높이 오르지 마라

찾지 못하면
마음속 깊이 슬픔만 남으니까
휑한 가슴에 쓸쓸함이 시려 오니까
두려움이 오싹한 소름으로 덮쳐 오니까.

[숨바꼭질] 조정태 作

울지 않는 새

한낮 지나고 어스름 찾아와
발끝에 엎드려도
고요를 덮지 못하고 머뭇거립니다

바람이 지나가도
눈이 소복이 쌓여도
매화 피어 눈빛이 파르르 떨어도

보고 싶다 말 한마디
그립다 말 한마디
목젖 아래 머물고 말았습니다

으슥한 밤이 지나
새벽이 오는데도
가슴앓이는 삭을 줄 모르고

허공을 향해 내지르는 소리는
차가운 사색을
데워 주지 못합니다.

[울지 않는 새] 조정태 作

플래카드

짙고 굵은 색깔로
희망을 편다

쌩쌩 달리는 차에
길 걷는 행인에 호소해 본다

흔들거린 어지러움은 참을 수 있지만
무관심엔 서러움이 북받친다

애타는 마음은 진종일 흐느끼고
간절함은 하늘을 우러러보지만

내지르는 함성은
좀처럼 돌아오지 않는다.

[플래카드] 조정태 作

석곡

깊은 숲 골짜기 지나
벼랑 끝에 얹혀 있는 꽃

바람 불어 쓸렸나
사월 긴 해에 다소곳이

마디 마디
기어올라

속 태우다 속 태우다
그리움에 피는 꽃.

[석곡] 조정태 作

매화

고요는
달빛을 더욱 시리게 하고
외로움은
눈빛을 더욱 서럽게 하는데

마디마디
맺힌 눈물방울이
달빛과 어우러져
눈빛보다 더 맑은 유혹을 보낸다.

[매화] 조정태 作

천지창조

암흑을 도화지 삼아
그리기 시작했다

단순한 색채에서
점차 현란함으로

물속에서 하늘까지
이 땅에서 저 바다 끝까지

지혜는 접하지 못하게 그렸으나
유혹은 남겼다.

[천지창조] 조정태 作

춘몽

아지랑이 아롱거림에 취했나
산들거리는 봄바람에 취했나
가물거리는 눈꺼풀에 눌렸나

푸른 듯 붉은 듯
화사함에 정신 차려
세세히 훑어보니

그리움에 보타지는
내 님이
아닐런가.

[춘몽] 조정태 作

몰래 한 사랑

그대 발자욱 덮어가며
걸어도 되겠습니까
살금살금 다가가 바람처럼
그대 몸을 스쳐도 되겠습니까
그대 어깨에 가만히
손을 얹어도 되겠습니까

오늘도 일상처럼 재잘거리며
오솔길을 걸었습니다
마음은 분홍 깃털 되어
그대 곁을 스치고 스칩니다
숨겨 놓은 눈길은 당신을
구석구석 뒤지고 다닙니다

이제
당신의 마음에 노크할까요
아닙니다
잔잔한 심장이 놀래면 안 되니까요

이제

당신의 발끝에 키스할까요
아닙니다
화들짝 넘어지면 안 되니까요

이제
당신의 옷자락을 잡을까요
아닙니다
훨훨 날아가 버리면 안 되니까요

아닙니다
아닙니다
이대로가 좋습니다
당신은 언제나 곁에 있으니까요.

[몰래 한 사랑] 조정태 作

오르가슴

높이 뜬 종달이보다
더 높은 이 기분
강남의 제비보다
더 경쾌한 이 마음
천상이 이럴런가
극락이 이럴런가
무릉도원 따로 없네
이곳이 그곳일세.

[오르가슴] 조정태 作

건망증

해는 한 뼘쯤 느려지고
부산함은
종일 날갯짓한다

문득
친구가 보고 싶어
전화기 찾다가

푸르름에 취해
분홍꽃에 그려지는
그리움이 둥둥

아, 전화기 어디 갔을까
추억을 요리조리 옮기다
한 장 주워 고향길 달려가면

수평선으로 아스라이
고샅길 가물거리고
보고픔은 눈가에 아롱져 온다.

[건망증] 조정태 作

홍춘이*

겨우내 대만 남아
기나긴 혹설에도 그리 버티더니

봄바람에 회춘했나
꽃대에 푸른 기가 살아난다

어린 제비들 입 벌리듯
보랏빛으로 피어

새소리 물소리
벌 나비 나는 소리.

*홍춘이 : 석곡의 품종

[홍춘이] 조정태 作

퇴근길

창가에 슬픈 바람이 드는
어스름 저녁
상념은 창을 넘어 고향길로 접어들고

가을빛 묻어나는 들길 한켠
아버지의 자전거에
삽자루가 걸쳐 있다

맥주 한 모금에 토마토 한 알
쳇바퀴 돌 듯하는 하루 일과는
이 한 잔이 마무리인가.

[퇴근길] 조정태 作

나를 잊지 마

봄은 무르익어 기막히게 좋은 날
마음이 허전해 오는 것은
가슴이 온통 아려옴은
머릿속이 하얗게 비어옴은
어인 일인가

떠 있는 그곳에서
살아 있는 그곳에서
뒤집혀져 어둡고 차가운 질곡에서
물속 깊은 죽음의 늪에서

순진하고 착한 싹들이
센 물살에 깎이고 떠밀리며
이리 부딪히고 저리 부딪혀도
탓할 줄 모르는 그곳에서.

[나를 잊지 마] 조정태 作

세월호 참사

서러운 별빛이 무너져 내리는 밤
침묵의 자리는 차라리 으스스하다

커다란 무덤이 바다 밑에 생겨나고
장례조차 치르지 못한 영혼들이
일그러진 채 쓸려 있다

어둡고 차가운 그곳에서
왜 이렇게 된 줄도 모르고
누구의 탓이라 생각할 줄도 모르고

첨 타 본 설렘이 묻어나
빠른 물살 타고
저리 흐르는데

별빛은 바닷속이 너무 깊어
찾아가지 못하지만
고운 영혼은 하늘 멀리
별들의 가슴에 새겨진다.

[세월호 참사] 조정태 作

바람

어디로 와서
어디로 가는 걸까
사라지는 걸까
스미는 걸까

때론
옷고름 풀고
은근히 스며
꽃판을 간지럽히다가

때론
코끝에 찾아들어
불그레한 미소 되어
가슴 흔들며 부풀어오르다가

때론
치맛자락 휘날리며
난다
그 누구도 잡지 못할
불새 되어 난다.

[바람] 조정태 作

실연

매듭이 풀렸나
하늘 가시에 찔렸나
빙글빙글 돌더니
쭈그러져
아득한 나락으로
떨어진다

나뭇가지에 걸린
껍질만
세찬 비바람에 처져
흐느끼며 깔깔 웃는다.

[실연] 조정태 作

장구목 늙은이

강가에 긴 세월을 지고 앉아
구부정한 삶을 펴려
지팡이를 세운다

강물을 내려다보며
지워진 추억 하나 주워 보려 하나
바위 사이에 가려 보이지 않는다

바람은 골 따라 흐르고
껌벅거리는 눈꺼풀 사이로
그리움이 새어 나간다

허름한 옷차림과 표정은
세상을 탓하지 않고
말없는 풍경은 고요를 더한다.

[장구목 늙은이] 조정태 作

천문산

오르는 길
999계단

하늘 닿은 산마루에
뻥 뚫린 구멍 하나

갈망은
이곳을 통하여 이루려 하고

과오는
이곳을 통하여 씻으려 한다.

[천문산] 조정태 作

수국

한라산 바위틈에
해풍 보듬어 피어

푸른 바다의 맘 세세히 엮어
보랏빛으로 사연 쓰다

바람에 밀려 물 건너갔을 땐
그리움에 젖어 분홍빛이 된다.

[수국] 조정태 作

홍수

눈물은 삼키고
물살은 휘감아치니

저 심근 깊숙이
새어나오는 연민

유유히 떠
세상을 이어주는 다리가 되다.

[홍수] 조정태 作

소돔과 고모라

가시 돋친 쾌락은 찌르려 하고
칼날 된 음란은 어지러이 춤추니
어이할꼬 어이할꼬

피는 꽃은 뭉개지고
돋은 싹은 밟히니
어이할꼬 어이할꼬

지글거리는 하늘은 재가 되어 묻히고
붉은 눈빛은 흔적까지 지워지니
어이할꼬 어이할꼬.

[소돔과 고모라] 조정태 作

봉지밥

천 원 한 장과 바꾼 비닐봉지의 흰밥
찌든 손으로 받아들면
따스함이 코끝에 전해진다

허기에 찬 입을 열어
굽은 등허리 타고 내리는
울음 한입 베어 문다

빈 상자 위에 놓인 쪽파와 푸성귀,
집 나간 며느리의 흘린 눈물들까지
주린 속으로 꿀꺽 삼켜야 한다.

[봉지밥] 조정태 作

무료함 달래기

가을빛 짙어지라고 분재에 물을 주는데
이른 햇살 맞으러 나온 도마뱀 한 마리
나뭇가지에 앉아 느긋하다
장난기 물세례 살짝 했더니
어라 이놈 꿈쩍 않고
고갤 들어 말똥말똥 쳐다보네
요놈 봐라 한 방 더 먹어라
그제서야 쪼르르 낙엽 밑으로 숨네
폭군은 더욱 더 기총을 쏘아대니
쌩
담 사이 반공호로 대피하네
씨이 나오기만 해 봐라
씨익 웃자
말간 햇살이 물방울에 통통 튀어 오르네.

[무료함 달래기] 조정태 作

유혹

싱숭생숭한 마음
가을 창가에 걸어두면

파란 하늘은 흡입구 들이대어
빨아들이려 하고

붉은 단풍은
발목을 잡아당기고

낙엽 타고 오는 바람은
귓전을 간들거리게 스치고

덜 익은 달이
그림자 밟지 못할 즈음

억새가 현란히 그네 타며
손을 잡아끌고

깍지 낀 눈꺼풀은 혼 빠진 채
서리꽃 내려앉은 빈 들을 나선다.

[유혹] 조정태 作

이별

단풍이 우오
비를 맞으며
흐느끼오

우는 소리는
빗소리보다
더 처량하오

비가 내리오
나뭇가지에도
내리오

서러운 가을이
다 가는데
잡는 이 없어

낙엽이 눈물을 흘리오
내리는 빗줄기보다
더 굵게 흘리오.

[이별] 조정태 作

마당놀이

바람에 낙엽들이 몰려와
춤판을 벌리는디
센바람에 우르르
잔바람에 스스스
산들바람에 촐딱촐딱
돌개바람에 후닥탁
치맛바람에 한들한들
자동차바람에 타타닥
빗자루 소리에 쓰으쓱쓱
하늬바람에 뱅그르
샛바람에 쌔익쌕
이 바람 저 바람 할 것 없다
모두 모두 모여 굴러라
데굴데굴.

[마당놀이] 조정태 作

겨울잠

싸락눈이 내리기 전에
굴을 찾아야 한다

발자국을 남겨서는 안 된다
체취를 남겨서도 안 된다

깊은 잠에 빠질 때
그림자가 덮쳐서는 안 된다

고운 꿈을 꿀 때
방해꾼이 와서도 안 된다

아늑한 굴에서 편히 누워
지난날이 그리움 되어 흐르고

눈꺼풀의 포근함이
새봄맞이 나서야 한다.

[겨울잠] 조정태 作

상무동의 밤

길게 늘어진 땅거미 위에서
눈빛은 더욱 밝아졌다

싸구려 불빛은
좁은 골목을 비비적거린다

마른 지식은 허우적거리고
길 잃은 멀건 영혼들을 유혹하는
술잔의 그림자는
붉은 립스틱에 덮여 가물거리고

몇 푼의 지갑은
헐은 설움을 부르고
술에 젖은 여인의 흐트러진 머리카락은
입술에 물린다.

[상무동의 밤] 조정태 作

국화

푸른빛 창가에 피어
고요를 살며시 두드립니다
가만히 바라다보면
은은함이 가슴에 스밉니다
몽롱한 손길은
그리움을 향하고
바람의 친구 되어
스르르 감기는 감동은
너무 멀리 온 추억들 위에
하얀 서리로 반짝입니다.

[국화] 조정태 作

하늘 가는 길

엄동에 길 떠난 이
물길 잃어 헤매더니
춘삼월 꽃길 따라
배시시

산천을 둘러보고
친구들 마주보고
따스하게 흐르네

만년콩 귀하다고
비비추 이쁘다고
개구쟁이 눈웃음
이제는 보이지 마라
마주잡던 손일랑
이제 놓아주소

저 함성 소리 들리느냐
너는 가벼이 떠나는데
나는 아쉬워하는구나
저 웅성거림 들리느냐

■ 몰래 한 사랑

맑디맑은 영혼
저리 흐르고
별빛은 너무 고요한데.

[하늘 가는 길] 조정태 作

주막

이런 저런 얘기들이
부딪혀 웅웅거리는 곳
젓가락 잔소리가 섞이어
사연과 사연이 뒤엉키는 곳
어쩌다 한번쯤
거친 음성이 판을 깨는 곳
볼살의 취기가
이 상에서 저 상으로
건너다니는 곳
이래저래
한세상 쉬어가는 곳.

[주막] 조정태 作

담장

경계선에서
기다리는 순진함이
지랄 맞게 대기하는 곳
어깨 너머로
순수와 자만이 대치하며
참고 사는 곳
선을 넘으면
복수와 체념이
교차하는 곳
넘어야 하는 용기와
참아야 하는 인내가
상존하는 곳.

[담장] 조정태 作

오늘의 詩選集 제15권

풀꽃향 당신
김영순 지음 / 176면

오늘의 詩選集 제16권

유리인형
박봉은 지음 / 176면

오늘의 詩選集 제17권

보고픔이 자라고 자라서
한실 문예창작 동인지 제9집

오늘의 詩選集 제18권

첫사랑
김부배 지음 / 176면

오늘의 詩選集 제19권

나는 매일 밤 바람과 함께 사라진다
박덕은 지음 / 240면

오늘의 詩選集 제20권

오늘도 걷는다
유양업 지음 / 176면

오늘의 詩選集 제21권

내 사람 될 때까지
전춘순 지음 / 176면

오늘의 詩選集 제22권

처음 사랑
한실 문예창작 동인지 제10집

오늘의 詩選集 제23권

당신에게 · 둘
박봉은 지음 / 176면

오늘의 詩選集 제24권

그 누가 다녀간 것일까
전금희 지음 / 206면

오늘의 詩選集 제25권

한 잔 술에 가둘 수 없어
이후남 지음 / 164면

오늘의 詩選集 제26권

그리움 머문 자리
이인환 지음 / 176면

오늘의 詩選集 제27권

사랑의 콩깍지
김부배 지음 / 176면

오늘의 詩選集 제28권

사랑은 시가 되어
최길숙 지음 / 176면

오늘의 詩選集 제29권

그리움이라서
이수진 지음 / 176면

오늘의 詩選集 제30권

그리움 헤아리다
배종숙 지음 / 176면

오늘의 詩選集 제31권

아직 끝나지 않은 이야기
장헌권 지음 / 176면

오늘의 詩選集 제32권

마냥 좋아서
한실 문예창작 동인지 제11집

오늘의 詩選集 제33권

그리움의 언덕에 서다
김부배 지음 / 176면

오늘의 詩選集 제34권

사찰이 시를 읊다
이수진 지음 / 176면

오늘의 詩選集 제35권

그대는 나의 누구인가
한실 문예창작 동인지 제12집

오늘의 詩選集 제36권

사랑은 감기몸살처럼
박봉은 지음 / 176면

오늘의 詩選集 제37권

그때는 몰랐어요
정주이 지음 / 176면

오늘의 詩選集 제38권

몰래 한 사랑
조정일 지음 / 192면

한실 문예창작 동인지

한실 문예창작 동인지 제1집
『한꿈』

한실 문예창작 동인지 제2집
『한꿈』

한실 문예창작 동인지 제3집
『당신의 쓸쓸함은 안녕하십니까』

한실 문예창작 동인지 제4집
『목련은 흔들리고 있다』

한실 문예창작 동인지 제5집
『그래도 한쪽 가슴은 행복합니다』

한실 문예창작 동인지 제6집
『좋은 걸 어떡해』

한실 문예창작 동인지 제7집
『아직도 사랑인가 봐』

한실 문예창작 동인지 제8집
『꽃만 봐도 서러운 그날』

한실 문예창작 동인지 제9집
『보고픔이 자라고 자라서』

한실 문예창작 동인지 제10집
『처음 사랑』

한실 문예창작 동인지 제11집
『마냥 좋아서』

한실 문예창작 동인지 제12집
『그대는 나의 누구인가』

오늘의 수필집 Series

오늘의 수필집 제1권

그곳 봄은 맛있었다

최세환 지음 / 288면

오늘의 수필집 제2권

바람 따라 구름 따라 별빛 따라

유양업 지음 / 288면

개별 작품집

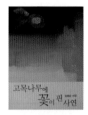

고목나무에 꽃이 핀 사연

김영순 시집

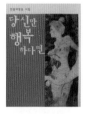

당신만 행복하다면

박봉은 제1시집

시가 영화를 만나다

장헌권 시집

한가한 날의 독백

고영숙 시·산문집

세월이 품은 그리움

김순정 시집

백지 퍼즐

신명희 제1시집

늘 곁에 있는 다른 나처럼

정연숙 시집

당신

박덕은 시집